AF357856

LA
REMONSTRANCE
A
THEOPHILE.

M. DC. XX.

LA REMONSTRANCE
à Theophile.

Theophile à quoy pense-tu,
N'as-tu plus rien pour la vertu;
Est-il possible que ta plume,
Pour vn si vil subiect s'alume :
Veux-tu loger dedans les Cieux
L'horreur des hommes & des Dieux
Est aux despens de nos ruines,
Dresser des autels aux Luynes.

    Les Muses maudissent le iour,
Que tu vinst leur faire la cour,
Et d'vn vray repentir touchées
Ont leurs poitrines arrachées,
De voir que par leur Art Diuin,
Pour vn Magicien & deuin,
On employe tant d'artifices
A desguiser ses malefices.

    Le mont Parnasse de douleur
Tremble au recit de ce mal'heur,
Et de ses deux cimes cornuës
De dueil attaint, frappe les nuës,
Pegase quittant son repos

A ij

De despit a tary ses flots :
Les neufs sœurs au lieu de tes carmes
Faute d'eau s'abreuuent de larmes.

Si quelque feint ressouuenir
Dans les secrets de l'aduenir,
T'eust porté, ta plume cognuë,
Pour prudente eust esté tenuë,
Et m'asseure que l'vniuers
N'eust veu la honte de tes vers :
Faisant à trois diables estranges
Porter l'abit mesme des Anges.

Es-tu san yeux de ne voir pas
Que ton honneur court au trespas,
Denigrant la valeur des Princes
Les vrais piliers de nos Prouinces,
Pour releuer trop vitieux
Trois gœux chágez en demy-Dieux :
Dont l'vn est pour mieux pouuoir
plaire
Deuenu cornard volontaire.

Qo'il faict bon belle femme auoir
A celuy qui veut du pouuoir,
Pour commander à tout le monde
Dessus les cornes souuent fonde,
Et bastit si haut sa maison,
Que le Ciel craint auec raison,

Que son ambitieuse audasse
De ses Palais gaigne la place.

   Geant il eschele les Cieux,
Braue les hommes & les Dieux,
Et lençant au Ciel sa menasse
Rochers sur rochers il entasse,
Tant & tant qu'il faict irriter
Les bras puislans de Iupiter:
Et que sur luy laschant sa foudre
Son corps froissé se rende en poudre.

   Ie te viens prophete nouueau
Annoncer l'aduent du tombeau,
De ton Mecene puis qu'il porte
Vn bonnet cornu de la sorte,
Et qu'aux grandeurs estant monté
Par ce degré a despité:
Le Ciel & conuié la Terre
A le ruer bien tost par terre.

   Que l'œil Celeste radieux
N'esclaire iamais de ses feux,
Ceux qui t'honorent comme maistre,
Que celuy iamais ne puisse estre
Tenu au rang des bien-heureux
Qui luy fait offre de ses vœux:
Et qui bastit à la memoire
Des autels d'vne fausse gloire.

A iij

TOMBEAV.

CY gist l'autheur de nos mal'heurs,
Sa mort a retranché nos pleurs,
Et cessent nos tristes ruines
Au iuste trespas de Luynes,
Le Ciel de nos cris incité
Dans l'Enfer la precipité :
Pluthon aux trauaux de Tentalle
Rend maintenant sa peine esgale.

STANCES.

IE captiue dessoubs moy
Des Roys le plus puissant Roy,
I'ay la faueur de sa couche
De Luynes le sçait bien,
Par prudence il n'en dit rien
Son bon-heur retient sa bouche.

La fortune qui luy rit
Par mon moyen le conduit
Aux plus honorables charges,
Les traits puissans de mes yeux
Contre le courroux des dieux
Luy seruent comme de targes.
Contre le gré des François

Ma beauté donne des Loix
Quand d'vne action mignarde,
Mon œil attire le cœur
De ce Monarque vainqueur
Vaincu quand il me regarde.

    Ie foule aux pieds les grandeurs
Des plus superbes Seigneurs
Lors que parmy les carresses,
Couuerte des fleurs de Lys
Ie loge au cœur de Louys
Mes plus amoureuses tresses.

    Sous le nom feint d'vn amant
Ie prens mon contentement
Car le Ciel ne m'a fait estre,
Siege de tant de beautez
Pour subir les volontez
D'vn faquin qui fut mon maistre.

    Pour si petit compagnon
Ie suis de trop grand maison,
Et ce qui me recommande
N'est pas mesme pour les Dieux
Mais pour vn Roy glorieux
Qui veut ce que ie commande.

    A la France i'ay fait voir
Les effets de mon pouuoir
Forçant leurs ames mutines,

A courir ce def-honneur
De venir rendre l'honneur
Aux fauts aute's de Luynes.

    I'ay tant de traits & d'appas
Qu'on ne s'en eſtonne pas
Des puiſſances de mes charmes,
Compagnes de Cupidon
Tenant en main ſon brandon
Font teſte aux plus dures armes.

    Le rapt du Prince Troyen
Au pris de moy n'eſtoit rien,
N'en deſplaiſe à ſon Heleine :
Si dans Troye i'euſſe eſté
Vn ſeul traiçt de ma beauté
Euſt mis les Dannois en peine.

F I N.

9 782329 173276